國家圖書館出版品預行編目 (CIP) 資料

短耳兔.3 , 冬冬的考卷不見了 / 劉思源文；唐唐圖；
-- 第二版. -- 臺北市：親子天下股份有限公司, 2024.02
40面；23x25公分. --（繪本；352）
國語注音
ISBN 978-626-305-673-2（精裝）
1.SHTB：心理成長--3-6 歲幼兒讀物

863.599   112021543

繪本 0352

短耳兔 3

冬冬的考卷不見了

文｜劉思源　圖｜唐唐

責任編輯｜張佑旭　封面設計｜唐唐　美術設計｜林子晴　行銷企劃｜高嘉吟、張家綺

天下雜誌群創辦人｜殷允芃　董事長兼執行長｜何琦瑜

媒體暨產品事業群

總經理｜游玉雪　副總經理｜林彥傑　總編輯｜林欣靜　行銷總監｜林育菁　副總監｜蔡忠琦　版權主任｜何晨瑋、黃微真

出版者｜親子天下股份有限公司　地址｜台北市 104 建國北路一段 96 號 4 樓
電話｜（02）2509-2800　傳真｜（02）2509-2462　網址｜www.parenting.com.tw
讀者服務專線｜（02）2662-0332　週一～週五：09:00~17:30
傳真｜（02）2662-6048　客服信箱｜parenting@cw.com.tw
法律顧問｜台英國際商務法律事務所‧羅明通律師
製版印刷｜中原造像股份有限公司
總經銷｜大和圖書有限公司　電話：（02）8990-2588

《短耳兔考 0 分》
出版日期｜2011 年 6 月第一版第一次印行
2024 年 2 月第二版第一次印行
2024 年 3 月第二版第二次印行
定價｜360 元　書號｜BKKP0352P　ISBN｜978-626-305-673-2（精裝）

──────── 訂購服務 ────────

親子天下 Shopping　｜shopping.parenting.com.tw　海外‧大量訂購｜parenting@cw.com.tw
書香花園｜台北市建國北路二段 6 巷 11 號　電話（02）2506-1635　劃撥帳號｜50331356　親子天下股份有限公司

立即購買 >

夕夕的考卷不見了

文 劉思源　　圖 唐唐

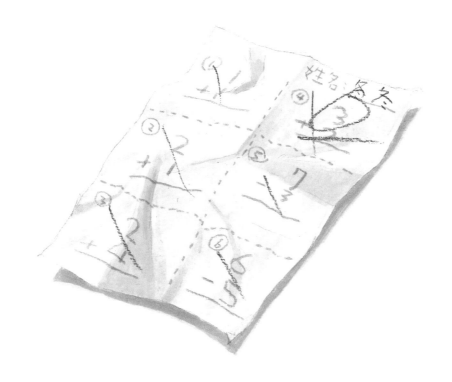

星期一考完數學，冬冬就知道他完蛋了！
一顆心咚咚咚往下沉。

接下來幾天，
他好像坐在一顆炸彈上，
只要看到長長的水管、

粗粗的樹幹或大大的腳印，
就嚇得跳起來，
以為大象老師來發考卷了！

有一天，冬冬發現
大象老師的腳踏車停在樹下。

腳踏車籃子裡有一個小袋子，
袋子的一角露出一小截考卷，
風呼嚕呼嚕的吹，考卷飛呀飛，
好像在向他招手。
冬冬忍不住走過去，伸出手，
迅速的翻呀翻……

冬冬翻了好久，都沒看到自己的考卷，

「我的考卷到底在哪裡？」

他正想放棄時，

「冬冬」兩個字忽然出現在眼前。

他立刻把考卷抽出來。

沒想到，上面竟然有一個又紅又大的 0，

冬冬不敢相信，像他這樣一隻聰明的兔子

怎麼會考 0 分？

這件事可不能讓別人知道！

他該怎麼辦才好？

把考卷丟到垃圾桶裡？

「不行！」

「有些傢伙最愛挖垃圾。」

丟_{ㄉㄧㄡ}進_{ㄐㄧㄣ}馬_{ㄇㄚ}桶_{ㄊㄨㄥ}裡_{ㄌㄧ}？

「不_{ㄅㄨ}行_{ㄒㄧㄥ}！」

「塞_{ㄙㄞ}住_{ㄓㄨ}馬_{ㄇㄚ}桶_{ㄊㄨㄥ}怎_{ㄗㄣ}麼_{ㄇㄜ}辦_{ㄅㄢ}？」

把_{ㄅㄚ}考_{ㄎㄠ}卷_{ㄐㄩㄢ}吃_ㄔ掉_{ㄉㄧㄠ}算_{ㄙㄨㄢ}了_{ㄌㄜ}？

「不_{ㄅㄨ}行_{ㄒㄧㄥ}！」

「吃_ㄔ壞_{ㄏㄨㄞ}肚_{ㄉㄨ}子_ㄗ就_{ㄐㄧㄡ}糟_{ㄗㄠ}了_{ㄌㄜ}！」

冬冬把考卷帶回家，
一會兒藏在抽屜，
一會兒塞回書包裡……

但是冬冬發現，
不管考卷藏在哪兒，
都有可能被挖出來。

冬冬一整晚都在想，萬一考卷被發現該怎麼辦？

第二天，冬冬又累又睏，
上課時忍不住打起瞌睡……。

下課時，

大家都跑過去問冬冬：

「你剛剛打瞌睡時，為什麼一直嚷著 0 分？」

冬冬聽了，大吃一驚，

好想用膠布把嘴巴貼起來。

原來最大的危險是自己！

蜜蜜問冬冬：

「你是不是遇到什麼麻煩？」

天啊！

他怎麼能告訴蜜蜜，

他考了 0 分、還偷了考卷！

冬冬決定

在情況失控之前，

盡快擺脫這個祕密……

他跑去湖邊，想將考卷丟到湖底，
忽然一隻鱷魚從湖裡冒出來。「哎呀！」冬冬嚇一跳，
「鱷魚有個超級大嘴巴，一定會到處亂說的。」

冬冬又想把考卷綁在鳥身上，隨著鳥兒飛得遠遠的。

但是萬一那是隻候鳥，

明年不是又會帶著祕密飛回來？

冬冬想了很久，決定在地上挖個深深的洞，把考卷埋起來。
這樣就安全了吧！

但是祕密藏在心裡，
就像一顆滾動的雪球，

越滾越大、

越滾越大、

越滾越大……

冬ㄉㄨㄥ冬ㄉㄨㄥ看ㄎㄢ到ㄉㄠ什ㄕ麼ㄇㄜ東ㄉㄨㄥ西ㄒㄧ，都ㄉㄡ像ㄒㄧㄤ一ㄧ個ㄍㄜ 0！

終於到了發考卷的那一天，
大象老師走進來。冬冬突然
想到，萬一老師發現
少了一張考卷，
該怎麼辦？
他緊張得
直冒汗。

輪到冬冬了。

大象老師摸摸他的頭說：「冬冬，60分。

你答對了最難的一題，很棒喔！」

冬冬接過考卷，心中充滿問號，

「咦？我的考卷怎麼會在這裡？」

冬冬納悶了很久，

直到有一天，在操場碰到另一個冬冬。

一個很大的冬冬。

冬冬怎麼會知道，隔壁班有隻小老虎，
小老虎的名字也叫冬冬。
他拿考卷時太緊張，沒看清楚班級。

他這次真的完蛋了，
萬一被小老虎知道：

他偷了
小老虎的考卷

考卷 = 小老虎的祕密

那他不就是偷了小老虎的祕密？

噓！祕密就是
絕對絕對
不能說的事。